LES COLOCATAIRES

tome 3 – RETOUR SUR INVESTISSEMENT

Dessin : **CHRISTOPHER**
Scénario : **SYLVAIN RUNBERG**
Couleurs : **MATHILDA**

expresso
DUPUIS

Dans la série *Les Colocataires*
Tome 1 – Le Quatrième Passager
Tome 2 – Gueules de Bois

CHRISTOPHER

Aux éditions *Carabas*
dans la série *Les Filles*
Pyjama party
Papier peint
Action ou vérité
Telle mère, telle fille
Au nom du père
Les Filles extra
De-ci de-là

Aux éditions du *Lombard*
dans la série *Love Song*
Manu
Sam

Aux éditions *Panini*
dans la série *All I need is love*
Une Hirondelle ne fait pas le printemps

Aux éditions *Treize étrange*
dans la série *Treize êtres en jeu*
Intrigue new-yorkaise
Intrigue à Folkstone
Intrigue marseillaise

Aux éditions *La Comédie illustrée*
dans la série *Les Contes inachevés de David Watts*
Wauxhall
Dominos
Casablanca
Monolithe (2 volumes)
Édifice
Matinale
Vespérale
Anathème
À boire et à manger avec Jean-Philippe Peyraud (dessin)
Pour les yeux de Cerise avec Jean-Emmanuel Carrié (texte)
Les Irrécupérables avec Mehdi Sahmi (texte)
Chacun son Tours (collectif)

Aux éditions *Delcourt*
Paroles de taulards (collectif)
Noah (collectif)

Aux éditions *Petit à petit*
Boby Lapointe (collectif)

Aux éditions *Futuropolis*
Paroles de Tox

SYLVAIN RUNBERG

Aux éditions *Dupuis*
Dans la série *Orbital* (avec Serge Pellé)
Tome 1 : *Cicatrices*
Tome 2 : *Ruptures*

Dans la série *Hammerfall* (avec Boris Talijancic)
Tome 1 : *La Peine du serpent*
Tome 2 : *Les Ombres du Svartalaheim*

Aux éditions *Futuropolis*
Dans la série London Calling (avec Phicil)
Tome 1 : *La Promesse d' Érasme*
Tome 2 : *Coups francs*

Aux éditions *Soleil* :
Dans la série *Astrid* (avec Karim Friha)
La Barbare Academy

Kookaburra Databook (album collectif)

Dans la collection *Kookaburra Universe*
Le sourire de Myra (avec Eduardo Ocana)

Aux éditions *Dargaud*
Dans la série *MicMac Adam* (avec Luc Brunschwig et André Benn)
Tome 4 : *L' Amazone des Ténèbres*
Tome 5 : *Verdun*

Merci :
À celles et ceux qui sont à l'origine de cette colocation, à celles et ceux qui l'ont suivie, à celles et ceux qui l'ont supportée, à toutes celles et tous ceux qui ont permis cette belle aventure.
Sylvain & Christopher

À Tours, la bande son de cette dernière aventure a été assurée par :
Air, Lily Allen, The Arcade Fire, Architecture In Helsinki, Arctic Monkeys, Jon Auer, Babyshambles, The Beatles, Beirut, Benjamin Biolay, The Bernard Lakes, Andew Bird, Bloc Party, The Blood Arm, Ben Born, Billy Bragg, The Bravery, Caribou, Johnny Cash, Lloyd Cole And The Commotions, The Cinematics, The Coral, Ray Davies, Day One, The Dead 60's, dEUS, Digitalism, The Divine Comedy, Editors, Elektrolux, The Embassy, The Ennemy, Fields, Richmond Fontaine, The Go Find, Robert Gomez, Alex Gopher, The Gossip, Gravenhurst, Albert Jr ; Hammond, Richard Hawley, Herman Dune, I Love You But I've Chosen Darkness, I'm From Barcelona, Iliketrains, Interpol, The Isles, Joy Division, Kaizer Chiefs, Katerine, Tim Keegan, Kill The Young, The Killers, The Kinks, Klaxons, Jens Lekman, Sean Lennon, Valérie Leulliot, Lio, Midlake, Morrissey, Hubert Mounier, Mumm-Ra, The New Pornographers, Ok-Go, Peter Bjorn & John, The Pigeon Detectives, The Pipettes, Poni Hoax, Radiohead, The Rakes, Ripchord, The Rolling Stones, Josh Rouse, The Servant, She Wants Revenge, The Shins, Elliot Smith, The Smiths, Sufjan Stevens, The Sunshine Underground, Thin Lizzy, Travis , Trembling Blue Stars, The Tyde, Union Of Knives, Peter Von Poehl, We Are Scientists, The Who, The Wombats, Thom Yorke, The Zombies, !!!

À Stockholm, les indispensables sonorisateurs furent :
Du Pâque, The Soundtrack Of Our Lives, Nina Kinert, Mando Diao, The Radio Dept., The Knife, Peter Von Poehl, Dick Diamond, Opeth, Lisa Ekdahl, El Perro Del Mars, Hunter the Hunt, Anna Ternheim, The (International) Noise Conspiracy, José González, The Haunted, Tiger Lou, The Bear Quartet, Stina Nordenstam, Shout Out Louds, In Flames, Lo-Fi-Fnk, Sambassadeur, Meshuggah, Don't Be a Stranger, Amon Amarth, Suburban Kids With Biblical Names, At The Gates, Cult of Luna, The Concretes, Arch Enemy, Refused, Esbjörn Svensson Trio, Entombed, Peter Bjorn and John, Promise & the Monster, Firefox AK, Bo Kasper Orkester, Necrophobic, I'm From Barcelona, Thåström, The Teddybears, Millencolin, Weeping Willows, The Hellacopters, The Hives, Division of Laura Lee, Degradead, Quit Your Dayjob, Wannadies, Mustasch, Nicolai Dunger, The Embassy, Red Sleeping Beauties...

Conception et réalisation graphique : Anne Fraisse.
(Conception graphique de la série : Stéphanie Aparicio)
Dépôt légal : février 2008 — D.2008/0089/69
ISBN 978-2-8001-3978-4

Imprimé en Belgique.

www.dupuis.com

Et voilààà...
Deux cafés pour les miss!
Merci JM...
L'EXAMEN
CAFETERIA
Dis-moi, tu bosses là depuis quand déjà?
Deux mois.
Toi qui disais plus supporter la fac... Tu craques pas?
GT
Si.
Mais j'ai un entretien cet après-midi.
Un job dans la com'...
Je compte bien leur en mettre plein la vue et me tirer d'ici.

Et Toine, il va bien? Ça fait une éternité que je l'ai pas vu...
Pareil pour moi, il passe son temps chez Erika!
Monsieur va même passer Noël en Suède chez ses parents...
Déjà les plans belle-famille? Elle lui a mis le grappin dessus, la viking!
Ça a l'air de lui convenir. Des regrets peut-être?
Ab-so-lu-ment pas.
C'est juste que c'est du rapide, non?
EXAMEN
CAFÉTÉRIA
Y a pire, franchement...
Vous êtes au courant pour le beau-frère de Max?
Il a largué femme et enfant pour not' proprio! C'est pas l'hallu, ça?
Y en a bien qui convertissent leur p'tit copain au syndicalisme pour le retrouver à enseigner chez les curés.
Comme quoi...
tout arrive!

C'est fini pour aujourd'hui.
Et n'oubliez pas votre explication de texte sur ce premier chapitre!
T'as déjà commencé?
J'voulais l'faire hier soir mais j'ai bloqué sur youtube jusqu'à pas d'heure...
Lise?
Je peux te parler une minute?
Ton t-shirt, là...
...Tu comptes le garder toute la journée?
GOD IS DEAD
Ouais...
Sauf que maintenant...
Ziiip! Y a plus rien à voir!

Lise, je n'aurais pas dû t'accepter au cours...
Tu connais le règlement de l'établissement concernant ce genre de...
Ce genre de quoi ?
C'est juste un t-shirt.
Et puis « Dieu est mort », c'est Nietzsche, non ?
J'prends juste de l'avance pour l'épreuve de philo !

Toine, tu mets le reste des cagettes dans le coffre et ça sera bon pour aujourd'hui !
J'y vais, Jocelyne, j'y vais....
Halala ! On a rien fait à cause de cette pluie !
Ça ira mieux la semaine prochaine...
Ils ont dit que ça allait s'éclaircir.
Ah bon ? Tu les crois, ces glands de la météo, toi ?!
Ça sert à quoi d'aller à la fac si c'est pour continuer à gober des conneries pareilles ?!

Hé? Tu te crois où, l'ami?
Déjà qu'on se casse le cul pour pas grand-chose...
Toi, tu débarques et tu te sers?
S'cusez, M'dame, j'voulais juste prendre des qui sont par terre.
C'est pas les restos du cœur ici! Allez, dégage!
S'cusez, s'cusez...
Tu les laisses faire, ils finiraient par te vider le frigo!
Ceux-là alors...
J'ai pas raison, Antoine?
Si, si, Jocelyne...
T'as raison sur toute la ligne.

J'en peux plus de cette sale truie !
En plus, je me suis chopé une crève !
Schniiif !
Tu vas pas faire les marchés toute ta vie...
Allez, bois ton thé !
Merci...
Si au moins j'avais des nouvelles de Brian...
Tu as envoyé ta démo il y a même pas trois semaines !
Laisse-leur le temps à XR record.
Saluuuut !
Hello...
Ah merde. Y a pas de café ?
Il se lève à pas d'heure et en plus il râle...

Fais pas le malin, j'ai trouvé un boulot à la teuf d'hier soir !
Pour de bon ?
Ouaip.
Je blablatais avec un mec du magazine **Hype Sud**, comme quoi j'étais branché photos, tout ça, et bim, ...
...Y m'a engagé !
Mission du Max : écumer les boîtes pour shooter la clientèle...
Priorité aux chaudasses !
Ça a l'air... stimulant.
Tu vas enfin pouvoir participer aux courses, alors ?
Euh... Le truc, c'est que je serai défrayé en entrées gratuites et en consos...
Mais comme ça, j'pourrai vous inviter !
Je... Je vais ouvrir...
Ce mec, dans son genre, il mérite une médaille...
C'est pour quoi...?
Bonjour, Max.
C'est pour une réunion de famille.

Ça te vrille le cerveau d'enseigner au lycée Notre-Dame, toi!
Ça rime à quoi de harceler cette nana pour un pauvre t-shirt?
BÉDÉ
T'as aussi été ado, non? C'est quand même pas si loin que ça!
Mais j'essaye de l'aider, qu'est-ce que tu crois?
Elle est en Première, c'est pas le moment pour elle de se faire virer!
Excusez-moi, je cherche le nouvel album des Coloc'.
C'est là, sur votre droite.
Y en a 300, vous pouvez pas les louper...
Non, vraiment, sur ce coup-là, t'as joué au con!
Amandine?
T'es gentille; quand tu travailles à la librairie, évite les scènes devant les clients, o.k. ?
Désolée...

J'allais te proposer de venir manger à l'appart' ce soir, mais là, tu m'as coupé l'appétit...
J'avais prévu autre chose de toute façon.
On se verra demain à la fac pour la réunion...
C'est ça.
Passe une bonne nuit et fais-moi plaisir...
N'oublie pas ta prière du soir.

...se serrer les coudes.
Pour le bien de notre famille.
HOME
Si tu nous aides, ton père et moi sommes prêts à passer l'éponge sur tout...
Les fausses cautions parentales, les orgies...
L'argent de tes études gaspillé à Biarritz.
Ben, ouais, ça serait volontiers, mais...
Si Fred veut la garde de Grégoire, j'y peux quoi, moi?
Ça parle beaucoup en ville...
Le morpion et sa pouffiasse seraient des assidus de la vie nocturne.
On parle même de drogue. Et si quelqu'un pouvait le confirmer à la juge pour enfant, Fred pourrait faire une croix sur son fils.
C'est un milieu qui ne t'est pas étranger. J'ai pensé que tu aurais peut-être des infos à nous donner?
Euh...
Ouais... J'ai p't'être des infos...
Mais ça risque de pas vous plaire!

Ecoutez, Monsieur Thénard...
Votre profil est tout à fait intéressant, et vous m'avez l'air plus que motivé.
Mais il y a quelque chose que je ne saisis pas.
Vous avez quitté Synergis au bout de 48 heures pour devenir ensuite serveur dans une cafétéria...
Pourquoi?
C'est-à-dire, que...
Je me disais que passer quelques mois de plus au contact des étudiants, un cœur de cible privilégié...
Ça... Ça pouvait contribuer à renforcer mon expérience dans le secteur.
Mais vous-même étiez encore étudiant avant d'être engagé par Synergis. Vous aviez déjà tout oublié?
Ça laisserait augurer de sérieux problèmes de mémoire, Monsieur Thénard...

Et c'est toi qui lui vendais cette merde?
Il me filait le fric pour que je lui en trouve, c'est tout!
Je le suppliais d'arrêter, mais il voulait rien entendre!
Tu sais, la coke, c'est un beau merdier quand on est dedans....
Et pourquoi tu m'en as pas parlé?
Ben...je lui avais juré de rien te dire...
Et moi, quand je donne ma parole...
Tu me dégoûtes, Max....
Nathalie, je sais que c'est dur à entendre, mais ton frère essaye de nous aider...
Et vu ce qu'il vient de nous apprendre, te séparer de Fred est la meilleure chose qui pouvait t'arriver.
Notre avocat va l'appeler et lui dire que Max est prêt à témoigner.
Témoigner?
13

Attends, M'man, ça va pas m'attirer des emmerdes, ça?
Tu n'as rien à craindre, je suis persuadée que Fred n'osera pas aller plus loin.
Cette histoire de garde, c'est juste pour faire du mal à Nathalie.
Mais quand même, c'est chaud pour ma gueule, je trouve...
Une semaine de snowboard à Tignes, ça t'aiderait à la rafraîchir?
Euh...
Une nouvelle planche en prime...
Ça achèverait de te rassurer?

Mais quelle petite ordure!
Témoigner contre moi, auprès de la juge?
Je vais l'exploser, tu m'entends?
L'exploser!
Déjà que sa connasse de mère appelle mes clients pour m'enfoncer, j'avais vraiment pas besoin de ça!
Calme-toi, chéri...
Que tu fasses le premier faux pas, ils n'attendent que ça.
Ne leur donne pas ce plaisir!
Si la famille Sournon a décidé de te rendre la vie impossible dans le coin...
... tu sais qu'ils en ont les moyens.
Pourquoi ne pas en profiter et prendre un nouveau départ?
Tu te souviens qu'on avait parlé de partir au Québec? J'ai pas mal de contacts là-bas...
Un salon de thé à Montréal, voilà qui nous changerait la vie!

Et toi, avec ta spécialisation en droit international, tu trouverais de quoi faire aussi!
Ouais, je sais pas...
Ça ne t'empêcherait pas de voir Grégoire de temps en temps.
Faudrait que je rachète mes parts dans le cabinet...
Vous avez mis la maison en vente, non?
Ça te fera déjà du cash.
Hmm...
Et moi, j'ai déjà eu deux propositions de reprise pour mon salon de thé. Vu son emplacement, ça partira vite!
Alors, Monsieur le bel avocat?
16
Partant pour le Grand Nord?

Ça tiendra plus longtemps.
On s'engueule sans arrêt, c'est insupportable.
Moi, j'ai l'impression que depuis votre « coming out »...
...ça n'a fait qu'empirer.
J'ai pas raison?
POUËET!
Fallait qu'on continue à vivre caché pour que ça fonctionne, c'est ça?
Je sais pas, Toine, je sais pas.
Et voilààà...
...Carbonaras à la Max, y a plus qu'à se régaler!

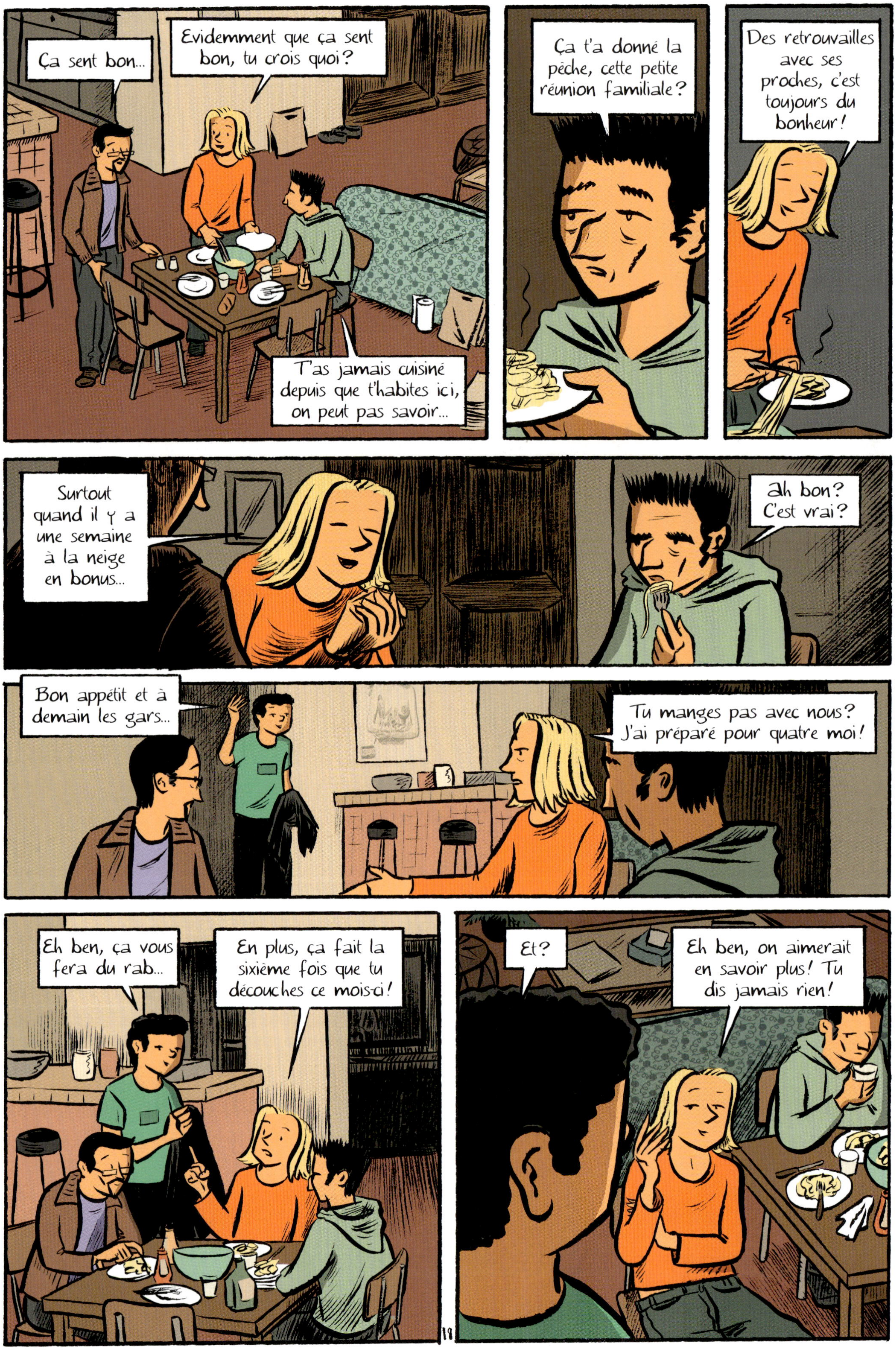

Ça sent bon...
Evidemment que ça sent bon, tu crois quoi?
T'as jamais cuisiné depuis que t'habites ici, on peut pas savoir...
Ça t'a donné la pêche, cette petite réunion familiale?
Des retrouvailles avec ses proches, c'est toujours du bonheur!
Surtout quand il y a une semaine à la neige en bonus...
Ah bon? C'est vrai?
Bon appétit et à demain les gars...
Tu manges pas avec nous? J'ai préparé pour quatre moi!
Eh ben, ça vous fera du rab...
En plus, ça fait la sixième fois que tu découches ce mois-ci!
Et?
Eh ben, on aimerait en savoir plus! Tu dis jamais rien!

Alors, c'est quoi ce soir : back rooms?
Soirées échangistes?
Une spéciale George Mickaël?
Allez, je vous laisse...
Et bon courage avec la tache qui vous sert de cuistot!
Il assume vraiment pas...
C'est pas une tare d'être homo pourtant!
Il a les boules à cause de son entretien...
Et s'il veut être discret sur sa vie sentimentale, c'est son droit.
M'ouais... à moins qu'y soit pas plus gay que vous et moi!
C'est-à-dire?
Ben, par exemple, qu'à chaque fois qu'il passe la nuit dehors, toi t'es là...
Tu sais ce que fait Amandine ce soir?
Non, mais je ne vois pas le rapport...
Le rapport, c'est qu'après Toine et toi, elle pourrait avoir envie de faire le grand chelem!
Tu devrais surveiller tes arrières...
Ha! Ha! Ha!
Conseil d'ami!

LYCÉE SAINT
Allez, rentrez...
Monsieur Grévaud.
Bonjour, Monsieur le Proviseur.
Je vois sur cette élève quelque chose qui n'a pas sa place dans mon établissement.

Vous allez y remédier ou je dois le faire à votre place?
Lise... Sois raisonnable. Range cette croix et on n'en parle plus.
Je ne peux pas t'accepter à mon cours si tu portes ça...
C'est votre problème.
Ma jeune amie, vous venez de gagner un avertissement.
Trop grave. J'suis effondrée.
Vous persistez? Eh bien, ça sera deux jours d'exclusion en prime!
Vous pouvez rentrer chez vous, Mademoiselle Monacci.
Quant à vous, Monsieur Grévaud...
Il est temps d'aller donner votre cours.
A 14

POUET
Tu tiens une sacrée crève, toi?
Ch'est de bire en bire...
CAFETERIA
En plus, cheu crois que j'ai de la fièbre.
Je vais faire chauter le cours d'amphi...
Oui, oui, je comprends...
Ch'est pour son entretien?
Ouais...
Et y a pas l'air qu'il va me présenter sa démission aujourd'hui.
POUET
alors?
Négatif.
Je suis désolé, JM!

T'en fais pas, tu finiras par trouver !
ERIA
En trois mois, deux entretiens d'embauche, et deux plantades...
Ça...
Ça me gave !
Je préfère pas en parler.
Nous approchons de la fin d'année, je propose donc qu'on fasse le point sur ce premier semestre.
Vous savez que les résultats de l'occupation ont été contrastés...
D'un côté, il y a eu une forte mobilisation, mais niveau retombées, le compte n'y est pas.
unef

Aucun poste d'enseignant supplémentaire; les chambres universitaires, c'est zéro, résultat...
On a de plus en plus d'étudiants qui se retrouvent en camping, voire à la rue!
Sans parler des hautes sphères de la fac qui ont moyennement apprécié ces histoires de concerts...
Il va falloir trouver un moyen de rebondir pour le second semestre.
C'est dégueulasse!

Elle se fait virer et t'ouvres pas ta gueule pour la défendre?
Quand quelqu'un a vraiment envie de se foutre dans la merde, arrive un moment où c'est dur de faire quelque chose!
Hum!
Dooonc, si quelqu'un a des idées d'action concrètes pour faire bouger tout ça...
Le pire, c'est que t'as même pas le courage d'accepter tes torts!
...Ne vous gênez pas.
Et toi tu m'emmerdes avec tes reproches à la con!
Amandine? Julien?
On peut parler deux minutes?

Ça fait quatre réunions d'affilée que vous me faites le coup...
Alors maintenant, soit vous réglez vos problèmes, soit on se passera de vous, o.k. ?
Parce que là...
Vous faites chier tout le monde !
Constantin n'en fout plus une depuis qu'il est avec Mégane...
...Mais au moins, ils restent silencieux !
Allez, j'y retourne.
À plus.
À plus.
Ciao.
On va pas pouvoir continuer comme ça, Julien...
Non.
On va pas pouvoir.

PETITES AN
EMPLOI
FINAL FANTASY
POKÉMON
Et meeerde!
Julien?
Ça va?
Pas trop.
Mais en même temps, je me sens...
Soulagé.

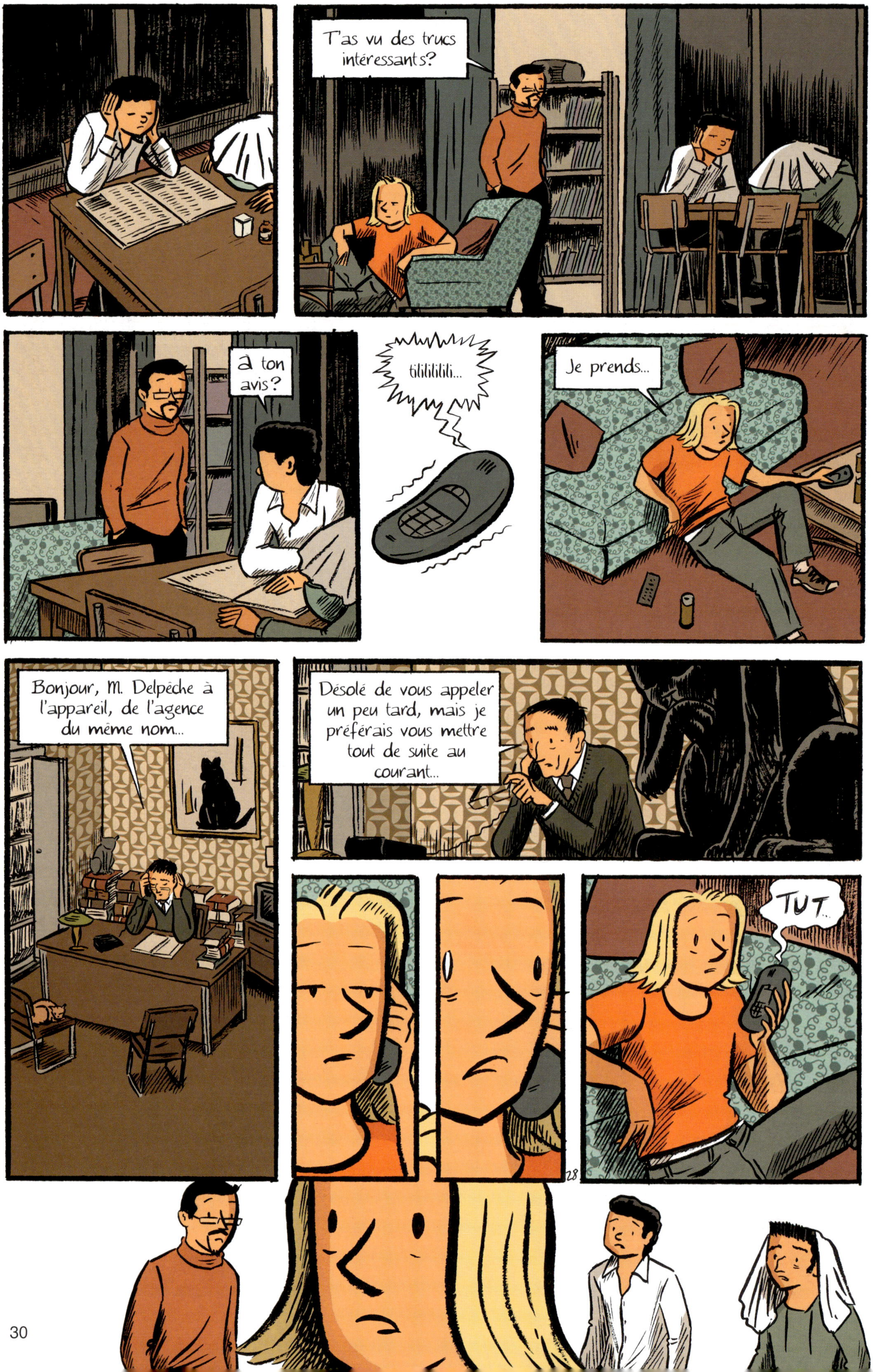
T'as vu des trucs intéressants?
À ton avis?
tilililili...
Je prends...
Bonjour, M. Delpêche à l'appareil, de l'agence du même nom...
Désolé de vous appeler un peu tard, mais je préférais vous mettre tout de suite au courant...
TUT...

J'aimerais bien voir la gueule de cette crevure de Max!
J'ai brisé le couple de sa fille...
...il fallait bien que je fasse une crasse à son dégénéré de fils!
L'important, c'est que l'argent de l'appartement vienne à point nommé pour notre installation!
Le Québec...
sa neige,
ses caribous,
ses chanteuses insupportables.
Si on m'avait dit que j'irais un jour tenter ma chance là-bas!
À t'entendre, on dirait qu'on part en exil en Sibérie!
Pourquoi? Ils élèvent aussi des clones de Céline Dion, là-bas?
Tu verras, Fred, c'est un pays magnifique.
En attendant...
À ton tour d'essayer de me faire hurler!
29

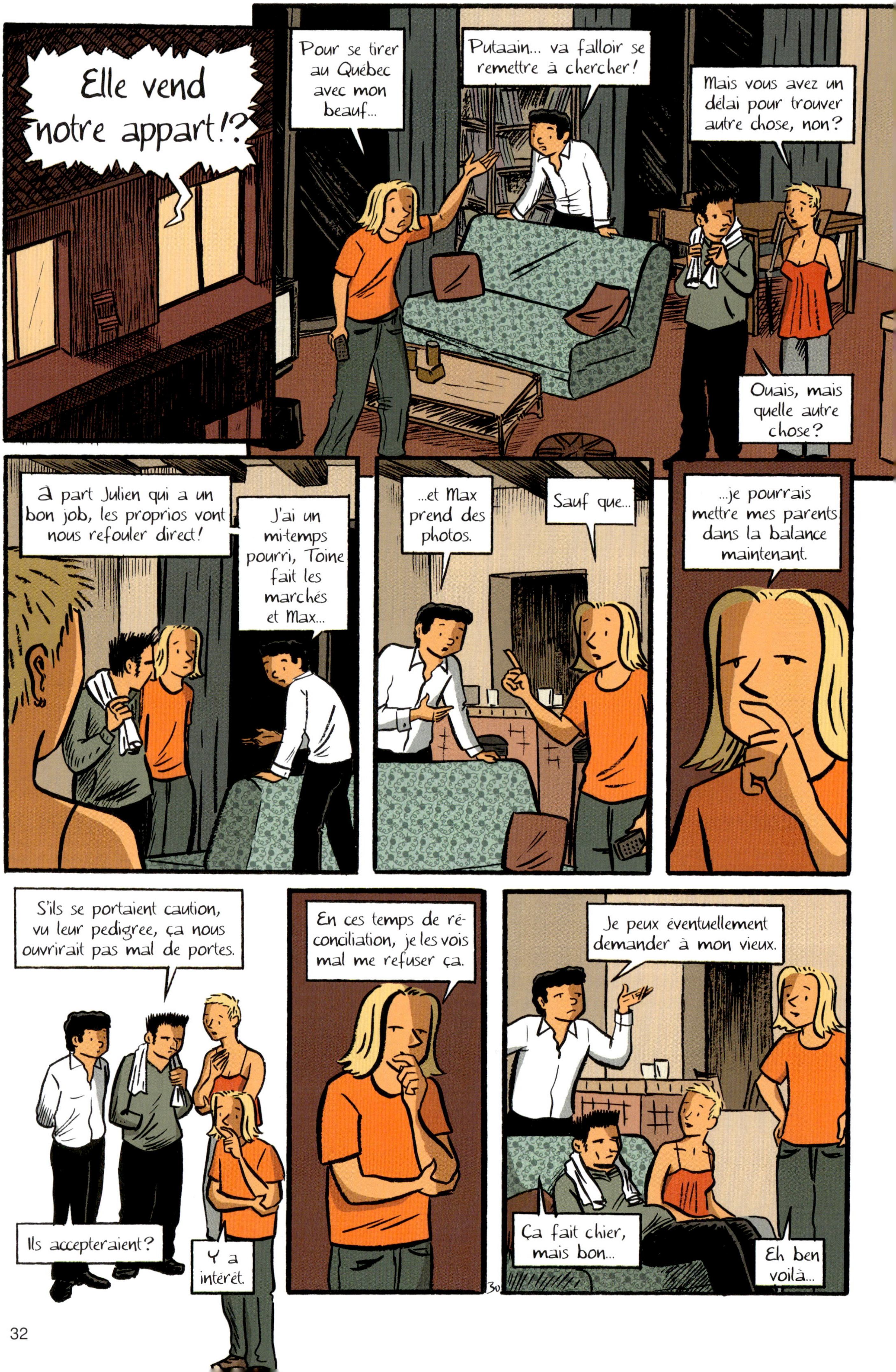
Elle vend notre appart!?
Pour se tirer au Québec avec mon beauf...
Putaain... va falloir se remettre à chercher!
Mais vous avez un délai pour trouver autre chose, non?
Ouais, mais quelle autre chose?
À part Julien qui a un bon job, les proprios vont nous refouler direct!
J'ai un mi-temps pourri, Toine fait les marchés et Max...
...et Max prend des photos.
Sauf que...
...je pourrais mettre mes parents dans la balance maintenant.
S'ils se portaient caution, vu leur pedigree, ça nous ouvrirait pas mal de portes.
Ils accepteraient?
Y a intérêt.
En ces temps de réconciliation, je les vois mal me refuser ça.
Je peux éventuellement demander à mon vieux.
Ça fait chier, mais bon...
Eh ben voilà...

Et si Smith Winter voulait qu'on se paye une grosse déprime, on va pas lui donner satisfaction...
Mother's Milk
J'ai des entrées gratuites au « Booty Flash »...
On n'a qu'à y aller ce soir et se payer une bonne teuf rien que pour l'emmerder !
Moi, demain, je bosse...
En plus, je suis pas trop d'humeur.
Au contraire ! C'est le meilleur moment pour toi de te lâcher.
Il n'a pas tort pour une fois. Ça pourrait te faire du bien, tu sais ?
Hmm... J'sais pas trop...
Une bonne cuite, avec toutes ces emmerdes, c'est ce qu'il me faut aussi.
Je suis partant !
Et puis ça sera l'occasion de vous présenter Marc.
D'ailleurs Max, dis-moi, dans ton « Booty Flash », là...
Y a des back rooms, j'espère !
31

BOOTY FLASH
NIGHT CLUB
ENTRÉE
TURB NIGHT CRAZY DJ ZELLE DJ LAD
Mesdemoiselles, passez une bonne soirée...
Je pensais pas qu'il nous laisserait passer ! Il nous a même pas demandé nos cartes d'identité !
Attends, ce soir, c'est « entrée gratuite pour les filles »....
...faut que ces gros lourds soient sûrs d'avoir un minimum de marchandise à bord !

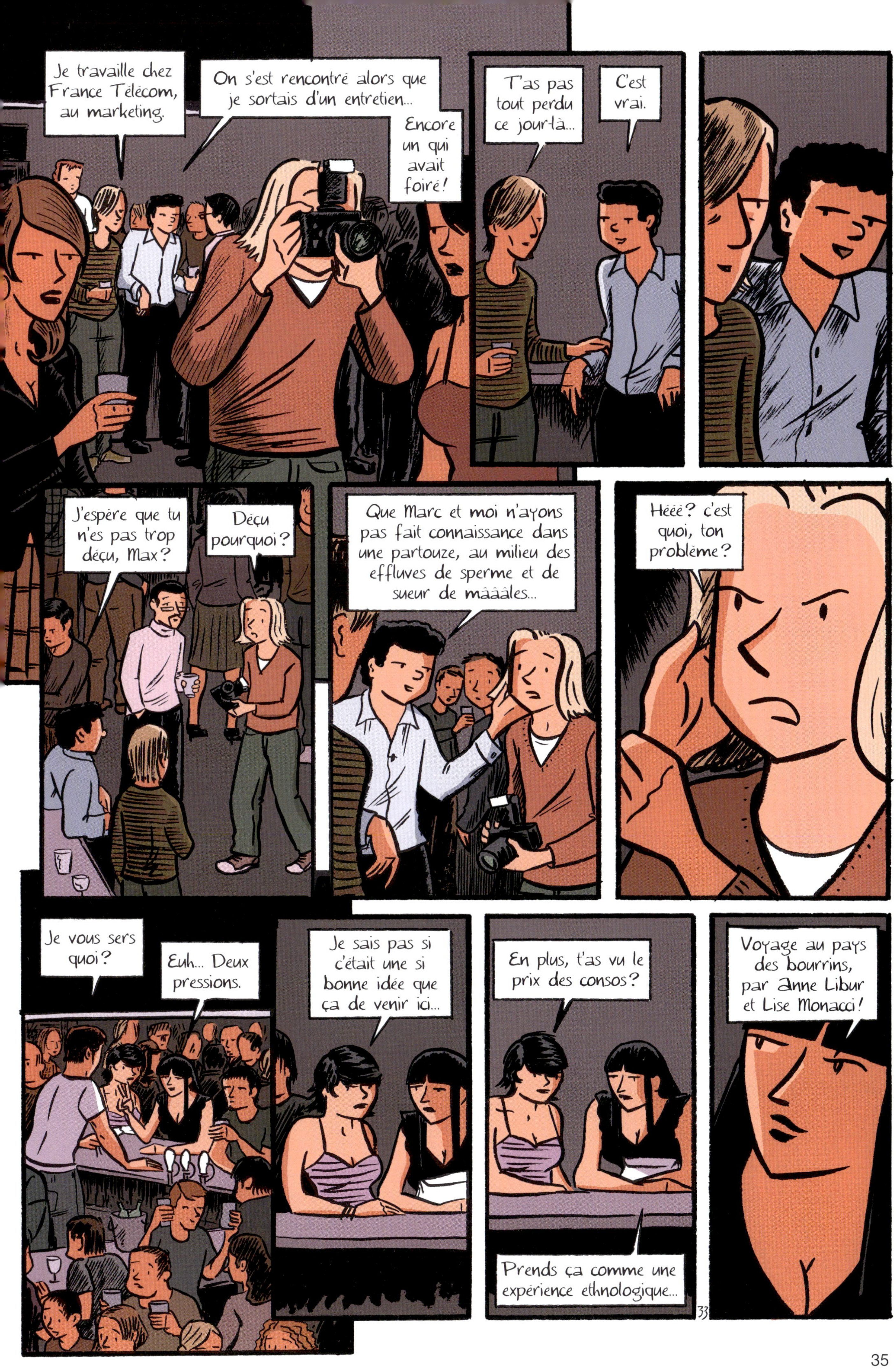

Je travaille chez France Télécom, au marketing.
On s'est rencontré alors que je sortais d'un entretien...
Encore un qui avait foiré!
T'as pas tout perdu ce jour-là...
C'est vrai.
J'espère que tu n'es pas trop déçu, Max?
Déçu pourquoi?
Que Marc et moi n'ayons pas fait connaissance dans une partouze, au milieu des effluves de sperme et de sueur de mââââles...
Hééé? c'est quoi, ton problème?
Je vous sers quoi?
Euh... Deux pressions.
Je sais pas si c'était une si bonne idée que ça de venir ici...
En plus, t'as vu le prix des consos?
Prends ça comme une expérience ethnologique...
Voyage au pays des bourrins, par Anne Libur et Lise Monacci!

Tu regrettes qu'on y soit pas allés?
Avec cette crève, j'aurais pas fait un pli...
...et puis le « Booty Flash », entre nous, c'est un peu daubesque.
C'est juste que j'aurais aimé rencontrer Marc...
Ça sera pour une autre fois.
tililililili...
Je réponds?
Ouais, s'te plaît...
Euh... Oui, je te le passe.
Toine?
C'est Brian.
Non, franchement, ça a convaincu tout le staff de XR!
En plus, ton accent est parfait, ça doit servir d'avoir un père prof d'anglais
Bon, vu la conjoncture, on commencerait par un 6 titres, mais on te trouverait quelques premières parties...
Histoire de te faire connaître, voir les réactions, tout ça.

On pourrait programmer une session d'enregistrement fin janvier dans nos studios, qu'est-ce que t'en dis?
SAN
Euh... J'en dis que...
...signé, et par un label anglais en plus, c'est...
Je... Je ne réalise pas.
Tu vas pas nous faire le complexe du Français inexportable?
SAN
Daft Punk, Air, Phoenix, t'as des compatriotes qui ont ouvert la voie depuis quelques années!
SANYO
Alors, c'est oui ou c'est non?
C'est...
C'est quand tu veux, où tu veux!

Allez, un sourire...
C'est pour Hype Sud.
T'es au top.
Tu veux t'asseoir boire un drink? C'est moi qui offre!
Non, ça va aller, merci....
Pas facile, hein?
T'essayes d'être sympa et on t'envoie chier...
J'comprends pas.
Je croyais que t'avais pas envie de faire la fête ce soir?
J'ai surtout envie de penser à rien...
...mais je suis content pour toi, JM.
Marc a l'air d'être un type super.

Vous êtes sûres?
À une table, avec une bouteille de champagne...
...on serait mieux pour discuter, non?
C'est gentil, mais on n'a pas envie de s'asseoir.
Ciaooo...
Qu'est-ce qu'ils étaient lourds, ces mecs!
C'est la loi du genre. Allez, on va filmer tout ça...
Regarde : les fauves sont lâchés!
Encore deux morceaux et ils la violent.
Lise? Mate un peu par ici...
C'est pas Monsieur Grévaud, le prof de français?

J'y crois pas.
J'aurais jamais cru qu'il fréquentait ce type de boîtes merdiques!
Ben, alooors? T'arrêtes pas d'brancher JM sur ses histoires de cul et t'as peur d'une petite pelle?
Arrête, Julien! T'es complètement pété!
T'as vu? Il essaye d'embrasser le blond!
Non seulement j'ai vu, mais je filme!
Alleeez, j'te lèche la joue et on en parle plus!
Dites-lui d'arrêter, merde!
Tu crois que c'est son copain?
J'sais pas...
Mais c'est pas mon problème!

T'as pas beaucoup dormi, toi?
On est sortis hier soir.
Ah, je vois.
Oui, je sais que tu vois.
Hum... Pour l'histoire de la caution, là...
...évidemment, tu peux compter sur moi.
C'est gentil.
Non. C'est normal.

Et le boulot, ça va comment?
À part mon job à la fac, rien en vue...
Je t'avais bien dit de pas démissionner sans...
S'te plaît, commence pas! T'avais raison, voilà, t'es content?
Excuse-moi.
Et sinon, niveau fille...
...t'as quelqu'un?
Papa...
J'ai quelqu'un. Et c'est pas une fille.
Pourquoi tu fais semblant de pas comprendre?
Je demandais, c'est tout. Les gens peuvent changer et...
J'ai pas envie de changer!
T'es... Putain! Je préfère me tirer!
Et ta caution, j'en veux pas!
Ton pédé de fils la mérite pas.

LYCÉE SA
Bonjour, Monsieur Grévaud!
Salut, Eric..
LOGE
?
W.C. RÉSERVÉ DIRECTION ENSEIGNANTS
Hmmm....

Bonjooour!
Monsieur Grévaud?
Voudriez-vous venir dans mon bureau?
J'aimerais vous montrer quelque chose.
Cette vidéo tourne en boucle sur les portables de nos élèves depuis ce matin...

C'est même arrivé sur les téléphones de certains professeurs qui me l'ont envoyé pour m'en informer.
Vous avez une explication ?
Je... Non, je ne me souviens pas de...
Ah, vous ne vous souvenez pas ?
Le problème, c'est que beaucoup de monde va s'en souvenir à votre place, Monsieur Grévaud.
Vous imaginez la réaction des parents d'élèves s'ils tombent sur ça ?
Que des enseignants se vautrent dans la débauche, après tout, ça les regarde...
...mais à une condition. La discrétion !
Le lycée Notre-Dame a une réputation à tenir.
Vous comprendrez donc que nos chemins doivent se séparer...
43
Ici et maintenant.

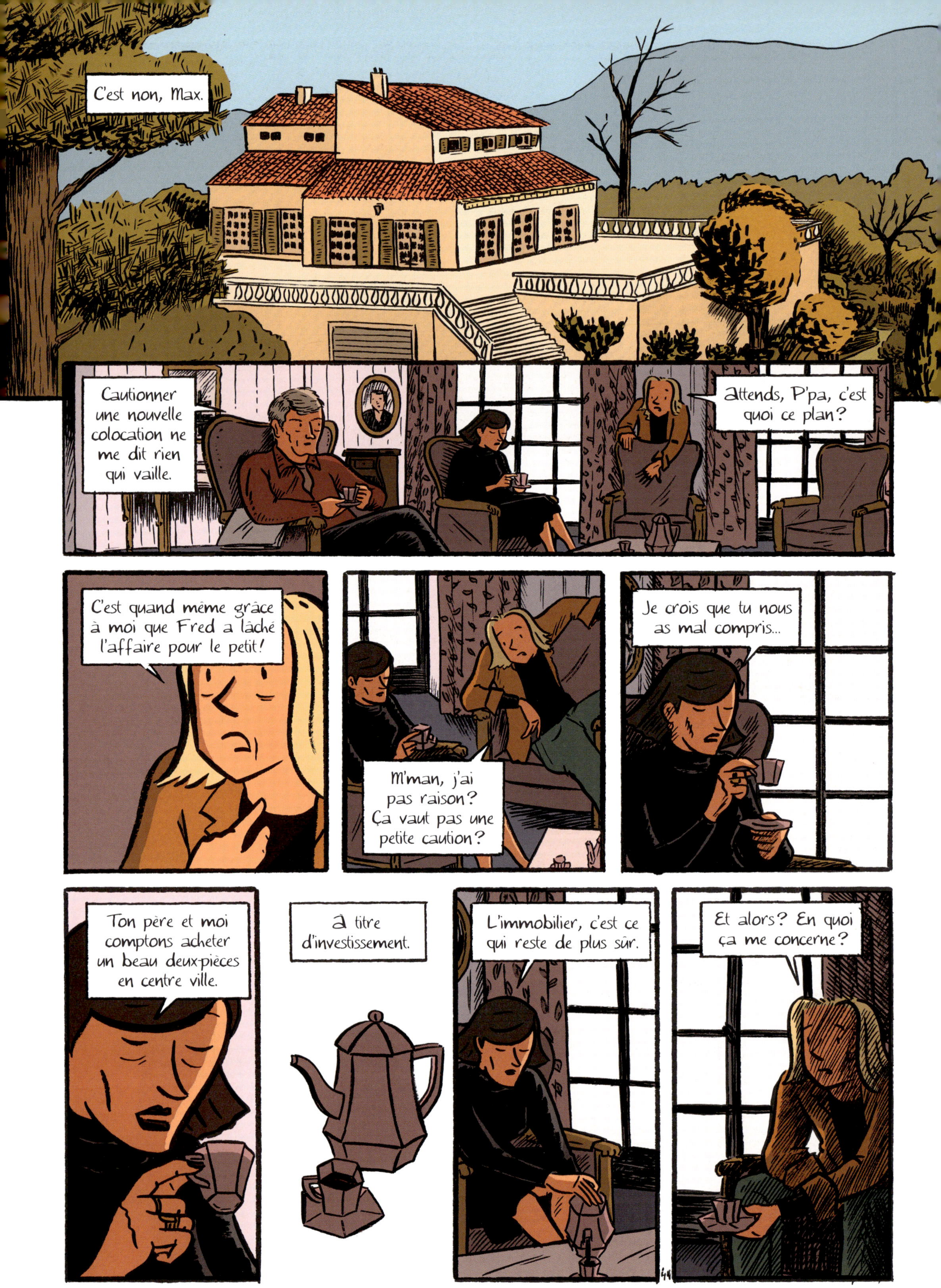
C'est non, Max.
Cautionner une nouvelle colocation ne me dit rien qui vaille.
Attends, P'pa, c'est quoi ce plan?
C'est quand même grâce à moi que Fred a lâché l'affaire pour le petit!
M'man, j'ai pas raison? Ça vaut pas une petite caution?
Je crois que tu nous as mal compris...
Ton père et moi comptons acheter un beau deux-pièces en centre ville.
À titre d'investissement.
L'immobilier, c'est ce qui reste de plus sûr.
Et alors? En quoi ça me concerne?

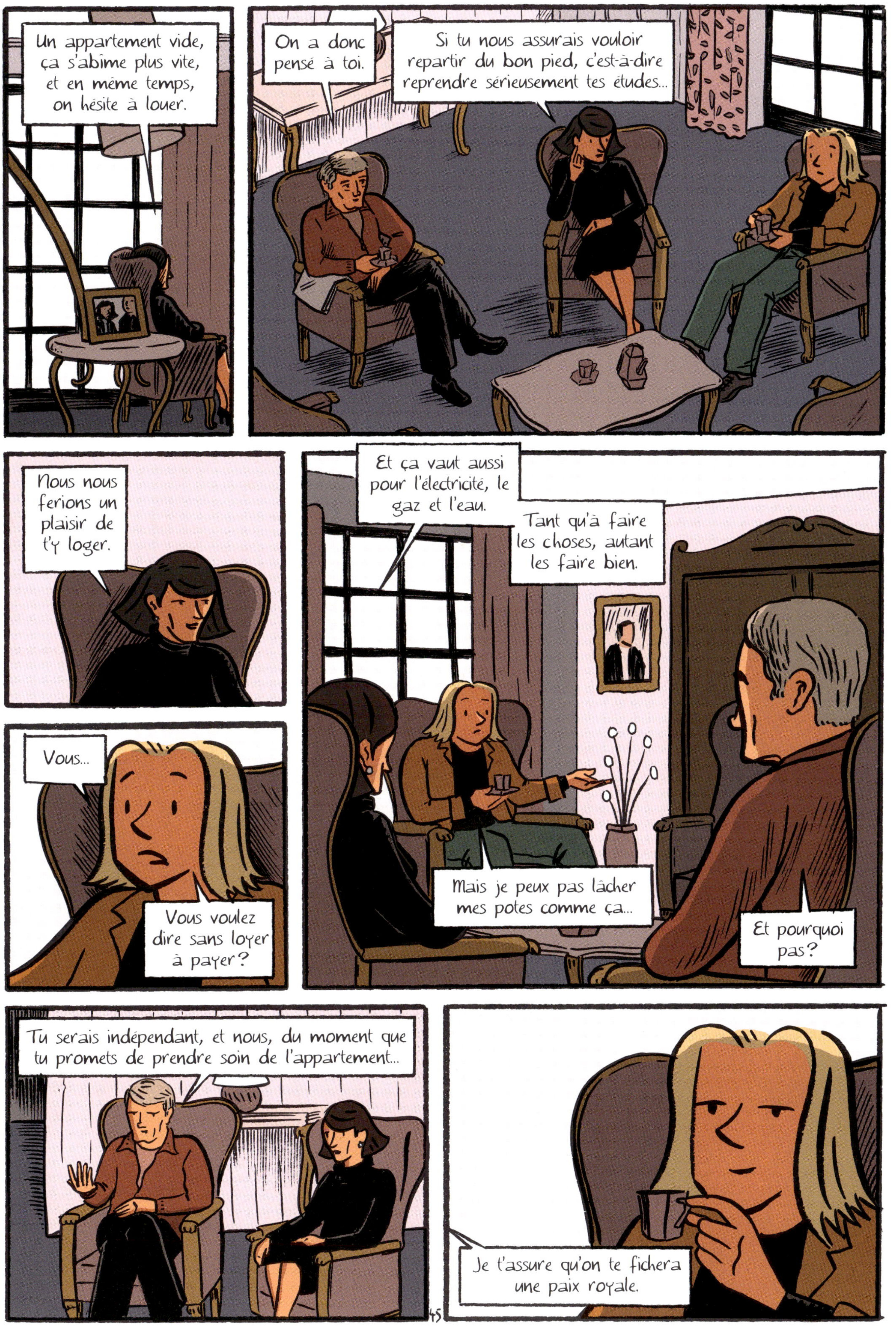
Un appartement vide, ça s'abime plus vite, et en même temps, on hésite à louer.
On a donc pensé à toi.
Si tu nous assurais vouloir repartir du bon pied, c'est-à-dire reprendre sérieusement tes études...
Nous nous ferions un plaisir de t'y loger.
Vous...
Vous voulez dire sans loyer à payer?
Et ça vaut aussi pour l'électricité, le gaz et l'eau.
Tant qu'à faire les choses, autant les faire bien.
Mais je peux pas lâcher mes potes comme ça...
Et pourquoi pas?
Tu serais indépendant, et nous, du moment que tu promets de prendre soin de l'appartement...
Je t'assure qu'on te fichera une paix royale.

Je peux avoir un café s'il vous plaît?
J'arrive.
Marc? Qu'est-ce que tu fous ici?
Hé bin, t'es du genre sec avec la clientèle!
Mon rendez extérieur s'est terminé plus tôt que prévu...
...j'en ai profité pour faire un saut avant de rentrer au bureau.
Alors, comment ça s'est passé avec ton père?
Comme d'habitude.
C'est-à-dire?
Mal.
Hmmm... Je vois.
Ouais... 'Fait chier...

Et du côté de ta maman, c'est vraiment pas possible ?
Elle est en arrêt maladie depuis des années, rien à faire de ce côté-là...
Quant à mon connard de beau-père, je préfère vivre sous un pont que de lui demander !
Ouais, ouais, ouais...
En même temps, à détester la terre entière, ça va être dur de trouver quelqu'un, non ?
Qu'est-ce que tu racontes ?
Je veux dire, moi, tu me détestes aussi ?
Euh...
Non...
Evidemment que non !

J'ai plus de copine, j'ai plus de boulot...
Et en plus, mes colocs me lâchent !
Mais c'est quoi, cette putain de semaine ?
Désolé, Julien, mais dernièrement, je passais plus de temps chez Erika qu'à l'appart.
Qu'on décide d'emménager ensemble, vu la situation, c'est dans la logique des choses.
Et quand Marc m'a proposé de venir vivre chez lui....
...je me suis dit, pourquoi pas essayer ?
Tu peux venir chez nous en attendant, le canapé est confortable, tu sais...
Le canapé ? Belle perspective, merci !
Me reste plus qu'à faire le roadie pour Toine et j'aurai gagné le gros lot, c'est ça ?
Et moi ? Personne me demande ?
Des solutions, j'en ai quand même trouvé, niveau colocation
48

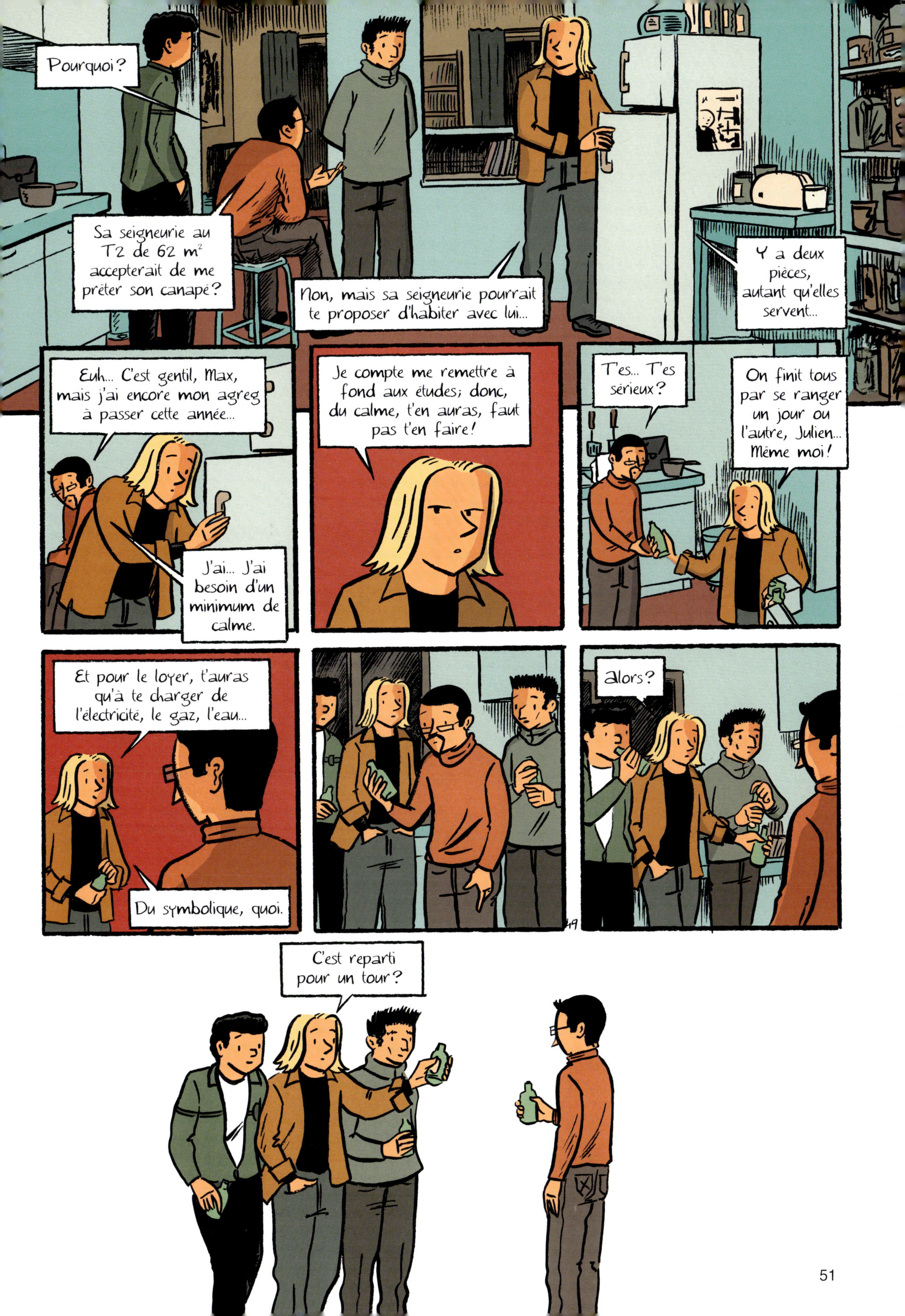

Pourquoi?
Sa seigneurie au T2 de 62 m² accepterait de me prêter son canapé?
Non, mais sa seigneurie pourrait te proposer d'habiter avec lui...
Y a deux pièces, autant qu'elles servent...
Euh... C'est gentil, Max, mais j'ai encore mon agreg à passer cette année...
J'ai... J'ai besoin d'un minimum de calme.
Je compte me remettre à fond aux études; donc, du calme, t'en auras, faut pas t'en faire!
T'es... T'es sérieux?
On finit tous par se ranger un jour ou l'autre, Julien... Même moi!
Et pour le loyer, t'auras qu'à te charger de l'électricité, le gaz, l'eau...
Du symbolique, quoi.
Alors?
C'est reparti pour un tour?

ARRIVÉE / ARRIV
AMSTERDA
AF 5404
hall 4
IVENUE
LCOME
DOUAN
David? Les bagages du vol d'Amsterdam...
N'APPUYER QU'EN CAS D'URGENCE
AMSTERDAM
Ils sont là!
Cool...
Allez, direction les taxis!

T'es sûr que tu n'aurais pas dû les prévenir, tes anciens colocs?
Hall 4
Hall 4
TAXI
Nooon. Tu verras...
C'est plus marrant de leur faire la surprise!
Stockholm... C'est le guichet n°3.
De la neige en Provence...
Ça va aider à m'acclimater.
Enlève 15 degrés, rajoute 30 centimètres de neige et quelques ours blancs...
Et là, t'auras une idée de ce qui t'attend.
↓ PORTES 12-24
51

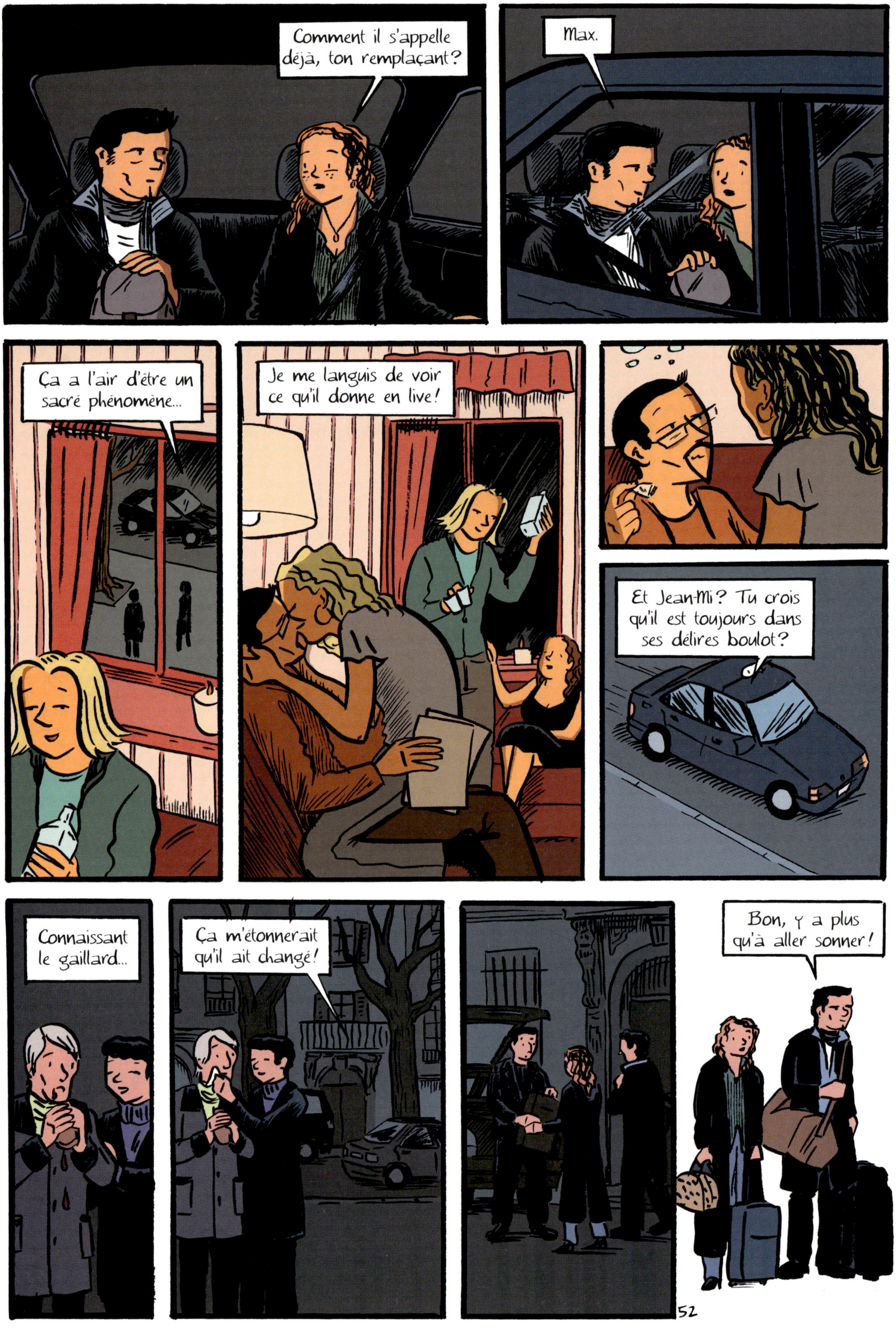
Comment il s'appelle déjà, ton remplaçant?
Max.
Ça a l'air d'être un sacré phénomène...
Je me languis de voir ce qu'il donne en live!
Et Jean-Mi? Tu crois qu'il est toujours dans ses délires boulot?
Connaissant le gaillard...
Ça m'étonnerait qu'il ait changé!
Bon, y a plus qu'à aller sonner!
52

Ah non, ils n'habitent plus ici...
Mme Smith Winter nous a expliqué qu'ils avaient préféré déménager assez vite.
Du coup, nous avons pu nous installer il y a deux semaines...
Juste à temps pour les fêtes de fin d'année!
Ce sont des collègues à vous?
Oui...
Et puis surtout...

...nous étions colocataires.
08/2007 Runberg/Christopher/Mathilda
Christopher 08/2007